수염 난 여자를 만나다

윤여송 시집

시인의 말 • • • •

지리한 어둠이 여간해서는 걷히지 않을 것 같은 시절이었다

고요를 가장한 홀로라는 무채색의 세상은

홍채에 사랑을 담지 못했기 때문임을 알았을 때

나비 한 마리 홍채에 스며들어 비로소 색을 찾았다

......

......

......

너 내가 함께하는 유채색의 세상에서 부르는

나의 노래는 이제부터 시작이다.

2021년 11월 윤여송

3부

다시,
다시를 기억하다

4부

삶,
오묘한 숫자의 행렬

#. 본문 페이지에서 한 연이 첫 번째 행에서 시작될 때에는 < 표기를 합니다.

1부

12월의
우체국

당신과 나 하나 되어
식은 가슴에 온기 오를 때

사랑한다는 말 대신
비로소 당신께 드릴 말씀은

"오셨군요. 당신."

- '의자' 중에서 -

길

그대에게 가는 길에는 계단이 없었으면 좋겠습니다
어쩌다 그 길에 계단이 하나가 놓여진다 하면
나는 그 계단을 성큼 뛰어넘어 기쁜 마음으로
당신께 달려가겠습니다

어쩌다 그 길에 계단이 두 개가 놓여진다 해도
나는 행복하다 생각하며 그 계단을 밟고 넘어
당신을 찾아가겠습니다

그러다가 그 계단이 열 개가 되고 백 개가 되어져서
까마득하게 층층으로 천 겹으로 쌓이고 놓여져도
나는 기어이 그 계단을 마음의 정열로 녹이고 넘어
그대에게 가는 길을 사랑으로 걸으렵니다.

데칼코마니

사랑은
멋있는 니 모습을 닮아 가고
맛스런 니 향기를 가슴에 안아
못으로 깊이 파인 내 마음을
너의 전부로 채워가는 것

내가 니가 되어 하나가 되고
내가 너를 안아 영원이 되어
지극하고 변함없는 사랑 속에
닮음으로 인생길을 함께 걷는
데칼코마니.

겨울 산은 잠을 자지 않는다

싸락눈은 거저 바울 수 있었지만
함박눈을 이겨 내기에는 힘이 부쳐서
상수리나무 삭은 가지 부러지는 소리가
고적한 산사의 풍경 소리를 대신할 때

명명한 초승달을 맴돌던 개밥바라기는
졸리웁던 눈을 깜박이며 긴 하품을 하고

겨울을 뒤집어쓰고 얼어붙은 산골
화전 밭 너와집 토굴 아랫목에서는
뒤엉킨 생명이 거친 숨을 몰아쉬며
생명으로 생명을 찾아 생명을 짓는다.

옹달샘 연가

이른 아침
토끼 한 마리 다녀갔다는
옹달샘

숲속 동물들
아침마다 모두 와서
달콤하다 목축임으로
하루를 열었을 진데

우직하다 옹달샘은
마르지 않는 정성으로
투박한 몸에 한결같이
말간 정수 가득 채우고

이른 새벽
이슬 걷고 남몰래 찾아올
그날 그 토끼만 기다린다.

방화범

세상을
온통 시뻘겋게 불태우고도
이쁘다 아름답다 칭송을 받는

가을아
너는
참으로 사랑스런 방화범이로구나.

의자

욕심부리지 않아요
나는

당신 오시지 않는다
투정도 하지 않을래요

빈 가슴 그리움만 가득
외로움으로 메말라 가도

나는 원망 없이 그저
당신만 기다릴 거예요

그러다 당신 발걸음 닿아
지친 몸 나에게 의지하신다면

불평 없는 기쁨으로 내 몸 자리 내어
온몸으로 당신 안아 드릴래요

<

당신과 나 하나 되어
식은 가슴에 온기 오를 때

사랑한다는 말 대신
비로소 당신께 드릴 말씀은

"오셨군요. 당신."

석류

수줍은 여인네
빨간 홍조로

살포시 옷고름
풀어헤친 가슴

농익은 그리움 두 개
하늘에 열렸다.

목련연가

마음에 심은 씨앗 첫사랑의 기억은
천 개의 달이 차고 기우는 날들을
잊었다 잊으리오 사랑은 없다며
무심히 박제된 시간 속에 머물렀다

영원할 것 같던 냉랭한 시간은
여린 봄날 달빛이 부르는 소리에
화답으로 스멀스멀 녹아내리고

아스라한 잠에서 깨어난 기억은
메마르고 거친 살가죽을 뚫고
자색 유두를 꽃망울로 솟아올려

애무하듯 스치는 바람의 유혹에
잊었던 사랑을 추억하며
탐스럽게 농익은 하얀 꽃잎 열어
素蝶(소접)의 날갯짓으로 봄을 춤춘다.

창문으로 바라 본 세상

귀뚜라미가 울지 않았던 날이 없지 않았던 시절이 있었다
바람이 불지 않았던 날들이 언제였었는지
살진 유방을 탐닉하는 파랑의 손끝으로 스멀스멀 기어오른
담쟁이 넝쿨의 속살거림에 속아 들어
거여한 자유를 상실당하고 가로로 길게 드러누워 신음하는
노쇠한 담장 아래에서는
하양 시계풀꽃이 피었다 스러지고
빨간 봉숭아꽃이 피었다 스러지고
노오란 국화꽃이 피었다 스러지고
좀 벌레에 갉아 먹히우며 시간의 줄기가 비명을 지르던 그
시절에는
우편배달부의 핑경 소리가 가져오던 그리움의 끝을 매듭지어
줄 귀뚜라미가 울지 않았다.

12월의 우체국

12월에 눈이 내리는 날 까치가 울면
기다리던 소식이 올 것이라고 굳게 믿었었다

보내인 소식이 없었으니
보내올 소식도 없었다는 것을 알면서도

퇴화된 기억의 줄기를 타고
버거운 발걸음으로 찾아온 우체국에서는

망연히 빈 우체통을 바라보고 선
여윈 등짝을 때리는 매서운 바람만 불고

진달래 꽃잎을 닮은 우체통은
하얀 눈꽃으로 보내온 기다림의 편지를 품에 안지 못해
봄은 아직 멀었었다.

퇴색한 기억

오늘 밤에는
반딧불이가 보이지 않는다

당신을 위해서라고
사랑하기에 이별을 해야 한다고
통속한 소설의 주인공이 되어서
돌아서는 한 사람의 그림자가 멀어질 때
남아있는 한 사람의 설움을 대신하여
풀벌레들의 격한 울음으로 선율을 타고
무심하게 나풀나풀 춤을 추던 반딧불이가
오늘 밤에는 보이지 않는다

통속한 사랑의 시절이 잊혀졌기에
그날의 반딧불이는 보이지 않나 보다.

사랑하지 않을 수 없음에

애정의 시간은 끝났다고
초라한 택배 상자에 담겨 온
이별

예정되지 않은 통보에
날카롭게 베인 마음은
아픔을 진물로 흘리지만

괴롭다 하면서도
너를
사랑하지 않을 수 없음은

아직
헤집어진 상처를 덮어 줄
망각의 씨앗이 자라지 않아서이다.

바다

여자는 바다를 사랑했다
남자는 여자를 사랑했다

바다를 사랑한 여자는
견딜 수 없는 그리움으로
별빛이 물비늘에 내려앉는 날
푸른 산호초가 노래하는
바다의 품에 몸을 맡겼지

여자를 사랑한 남자는
바다로 떠난 여자가 그리워
폭풍이 헤진 가슴을 후비는 날
거칠게 출렁이는 파도를 마시고
스스로 깊은 바다가 되었지

<
두 개의 사랑을 삼킨 바다는
부서져라 갯바위에 몸을 부딪치고
남자와 여자가 떠난 자리
쓸쓸한 바람이 웅웅대는 해변에는
메말라 푸석한 이끼만 가득하고

아픈 사랑이 퍼렇게 멍든 바다에서는
두 개의 사랑이 운다.

편지

너도
보았으면 좋겠다
오늘

너무 맑아
슬퍼할 겨를도 없이
파랗던 하늘을

나는
오늘
편지를 썼단다

부끄러움에 차마 말 못 해
감추고 있던 사랑을
너에게 보내고 싶어

하늘 자리 한 귀퉁이에
조심스레 한 줄 한 줄
내 마음을 그려 넣었단다

<

같은 하늘 다른 곳에서
바람이 부르는 소리에
숙였던 고개 들은 네가

늦지 않게 보내왔네
잔잔한 미소로 일어나
기쁨으로 받아 보기를 바라며.

짝사랑

짝사랑은
외로운 한쪽이
또 외로운 한쪽을 만나
짝을 이뤄 서로를 보듬으며
깊은 이해로 부족함을 채워 주고
둘만의 시선으로 바라보고 느끼면서
식어진 가슴을 후끈한 열기로 채워 가는 것.

우수 (雨水)에 젖어

또르르륵 똑 똑
차임벨 소리 있어
누가 오셨나
창문을 열었더니

토독 토독 토도독
말간 진주 알갱이들
초록동이 푸른 잎사귀를 실로폰 삼아
가을 소나티네를 연주하네

부끄러워요 수줍던 작은 잎사귀들
다투듯 고운 얼굴 서로 내밀어
오소서 내 님이라
비 맞이를 하고

구경꾼도 덩달아 음률을 타니
한 잔 술을 마시지 않아도

우수(雨水)에 취한 가을은
외로움이 없어서
슬프지도 않아라.

에스컬레이터

사랑의 열병
그 뜨거움
견딜 수 없는 보고 싶음은
너를 향한 내 발걸음으로

나만 그럴까
너도 그랬지
내게로 오는 네 발길도
가슴 뜨거운 사랑으로
하나 둘 셋 넷

만남을 앞둔 그 시간은
가슴 벅찬 희열의 순간
중력을 이반한 우리의 발길은
오직 사랑 하나뿐

하지만 사랑은 질투가 많아
같이 떠난 그 길은 어긋남으로
나는 오름 길
너는 내림 길

＜

에스컬레이터에 몸을 싣고
스치듯 지나는 그 시간
너도
나도
체온은 36도 5부.

루비콘강에서

건너지 말아야만 한다는
전설을 간직한 강 루비콘

사랑한다는 마음만으로
그리웁다는 기다림으로

남자는 강 언덕에 서서
여자도 강 언덕에 서서

천년의 시간을 천 번이나 흐르며
만나지 못해 가슴 저민 사랑으로

강안의 연인들이 흘려 내린 눈물을 먹고
시퍼렇게 멍들어진 강물을 바라보았다

건너지 말아야 한다는 무소의 불문율로
지난 시간들이 만들어 놓은 가혹한 운명

망설이던 남자가
절망으로 파리해진 손을 내밀었다

<

망설이던 여자도
애절하게 가냘파진 손을 내밀었다

마법은 간절한 사랑의 편이 되어서
마주 내민 손이 길게 다리가 되어서

꼬옥 잡은 두 손을 놓치지 않으리라
남자와 여자는 루비콘 강을 건넜다

강물은 환희로 용암처럼 들끓어 오르고
마침내 새롭게 전설의 시간이 시작되었다

루비콘강에서 맺어진 사랑은
영원으로 흘러 이별이 없다는.

섬

관념이 퇴적층으로 굳어진 섬에는
푸석불 같은 희망으로 탈출을 꿈꾸는
유배된 언어가 살고 있다

푸른 물비늘을 출렁이며
대양을 활보하던 파도가
고립된 섬에 몸을 부딪쳐
하얀 포말로 생의 찬가를 부를 때면

거역할 수 없는 지독한 외로움의 시간을
비틀걸음으로 걷던 언어는
자유를 향한 외침으로 탈출을 준비한다

그러나 희망은 망상이 되어
무수한 시간을 고립 속에 살아온 섬은
언어를 위한 길을 내주지 않는다
닭 모가지만도 못한 울대를 열지 않는다

<

바싹 말라비틀어진 입술을 헤 벌린
어두운 동굴 속 핏기없는 미라처럼
거저 냉랭한 숨소리만 바람으로 헉헉거릴 뿐

파도가 격정으로 헤집고 지나간 자리에는
침몰한 희망만 동티를 안은 상처로 남겨져
탈출을 금지당한 언어는 애잔하게 시들어가고
고립된 섬은 점점 더 고립에 빠져들고

기어이 고립을 자유라 항변하며
마른 땅 위를 부유하는 수많은 사람들 속에서
너와 같아 나도 하나의 섬이 되었다.

쓸쓸하다 하지 않을 수 있음은

통속으로 가슴을 아리는 유행가 곡조를 빌어오지 않아도 된다
밤새도록 몽당한 연필로 가난한 시인이 울음으로 토해낸
잃어버린 사랑에게 보내는 부질없는 연서를 슬퍼하지 않아도
된다

백일홍 화려하다 붉었던 꽃이 아흔아홉 날에 기어이 스러지고
야막나무 푸르러 청춘이다 여름 한철 기성하던 잎새도 검버섯
낀 얼굴로 메말라지고
재잘재잘 머리꼭지 빙빙 돌게 지독히도 귀찮기던 참새도
떠나가지고
텅 빈 들 가운데 우두커니 홀로 남아 자리를 지키며 말을 놓은
허수아비는 무엇을 생각하고 있을까

쓸쓸하지 않다는 항변 같은 독백의 시간이
코스모스 낭창한 허리에 유혹으로 감기울 때
쓸쓸하다고 푸념으로 폐해지지 말라고

<

별들이 그대를 위해 불꽃에 심지를 돋우고
구름이 그대를 위해 포근한 침상을 꾸미고
바람이 그대를 위해 달콤한 노래를 부르고
낙엽이 그대를 위해 어여쁜 춤들을 추지만

그대가 진정 쓸쓸하지 않을 수 있었음은
그대를 닮은 그 그대가 쓸쓸하다 하지 않았었기에.

팔월의 능소화는

남자가 여자를 사랑했다
여자도 남자를 사랑했다

버드나무 물오른 가지에
보송한 솜털로 싹 티움 시작되는
봄날 어느 언저리에

키 높은 담장을 사이에 두고
모르는 남자와 모르는 여자가
사랑이라는 생경한 언어를 안았다

그리고
시간은
연정이라는 이름으로 흐르고

팔월의 한 날
담장 밖 남자는
해후를 약속한 별리의 시간을 통보하고

<

애틋한 그리움으로
가을이 가고 겨울이 가고
봄이 오고 여름이 오는 시간들을
까치발로 담장 밖을 그리던 여자는

기다림에 그리움에 지쳐서
꽃이 되었다지
담장 밖을 그리는 까치발로.

가을은

파랑 바다를 마시고
파랑 색으로 취한 하늘에
파랑 바람이 살랑 불어
파랑 언어를 쏟아낸다

파랑 산기슭 언저리
파랑 이끼 앉은 계곡에서
파랑 개울물로 멱을 감던
파랑 새 한 마리 푸드득

파랑 하늘이 쏟아 내는
파랑 언어에 깜짝 놀라서
파랑 날갯짓으로 날아올라
파랑 하늘에 포물선을 그리고

파랑 바람에 가을을 담은
파랑 하늘은 장난스레
파랑 얼굴로 까르르르
파랑 웃음을 웃는다.

2부

지난여름
뜨거웠던 하루는

불확실성을 담보로 살아가는

인간은

약속이라는 이름의 원칙으로

서로에 대한 구속과 견제를 통해

질서를 유지하며 삶을 살아간다.

- '원칙적으로' 중에서 -

청산연가

청산을 가얄텐데
나비는 어디메뇨

꽃잎을 쌍접으로
사뿐히 날개저어

바람을 차고올라
구름을 나를제에

낼랑도 너를따라
청산을 가얄텐데.

갈매기

살랑 살랑 갈바람에
갈매기가

끼룩 끼룩 끼루루룩
갈매기가

출렁 출렁 파도위를
갈매기가

통통 배를 따르면서
갈매기가

내년 추석 기다리마
갈매기가

어미 마음 대신으로
갈매기가

무탈 무병 잘가거라
갈매기가

가는 자식 배웅한다
갈매기가.

목어

있어야 할
네
자리를 놓치고

어울리지 않게
산중
마른 들보 한 자락에

대롱대롱
창한
지느러미 꿰미에 꿰여져

뻐끔뻐끔
퀭한 눈
아구에 구슬 앙당 물고

바람이 물결이라
마른
비늘 단장하고 유유하는

어라 너
참
고하고도 가엾고나.

꽃을 짓다

나무가 꽃을 짓는다
따스한 봄의 햇살을
등허리에 걷어 업은
늙은 촌부의 얼굴에
주름 골을 흘러내린
굵은 땀방울이 데굴
마른 땅을 적셔녹여
정성으로 한줌 한줌
일년을 심어 지을때

봄 바람에 살랑살랑
배시시 웃음을 짓고
느릿 하품 기지개로
나무는 꽃을 짓는다.

비행소년의꿈

벗어나고싶다고묶여져있지않은답답함에서자유에로의탈출을꿈
꾸는소년은
달팽이관을후려치는모스부호에탈출을포기한사람들이말하는이
명이라는울림으로보내오는신호에

기러기가겨울을넘어날아오던북쪽하늘을혹은제비가봄을타고날
아오던남쪽하늘을
아니면수염고래가억만년의시간을유유히헤엄쳐가던동해바다를
단단한여름을뒤집으며배고픈어부의발길을잡고부서떼가사태를
치던서해바다를

날아가고싶은곳을딱히정하지못한망설임으로쉬이비행할용기를
내지못하는소년은
매일밤꿈을꾼다내일은날수있을거야라는겨드랑이솜털을희망으
로키우며자유로이비행하는자신을꿈으로꾼다.

안면인식장애

엘리베이터를타면
오늘은만나야지
층간마다열리고닫히는문으로
드나드는무수히많은사람들속에서
오래전기억했던얼굴하나를찾아보지만
같은얼굴같은차림같은몸짓으로
꼭하나의얼굴은보이지않는다
분명하게그자리에있었을것인데
만나야할얼굴을알아보지못하고
멈춘엘리베이터작은거울속에박제된
나는오늘도
안면인식장애다.

코스모스

가느다란 모가지를
쑤우욱 내어 밀어

여덟 빗살 채반으로
별빛을 걸러 모아

빈 가슴에 조각조각
별꽃을 품은 아이.

소쩍꿍

소쩍꿍
소쩍꿍
솥이 작다고

징할 놈의 보릿고개
배곯은 하루
풀뿌리 걷어 먹고 겨 연명하는데

소쩍꿍
소쩍꿍
솥이 작다고

해거름에 시작 터니 동틀녘까지
삭은 내 맘일랑 아는지 모르는지
밤새도록 쉼도 없이 재촉을 한다

소쩍꿍
소쩍꿍
솥이 작다고

좋은 날 올 것이다
불 피우라고
빈 솥 걸은 아궁이에 불 피우라고.

동백꽃

자식을 살리리라 가슴에 비수 지른
아비의 붉은 선혈 동백꽃 피워이다
소설에 휘휘로다 동박새 날아 드니
꽃꽃이 기쁨으로 붉음이 더 붉어라.

소식

호젓하고 고요한 산중 초옥에
귀한 손님 오실리 만무하건만

이른 아침 산까치가 깍깍깍깍
반가운 기별이오 체부를 해서

봉창문을 열고 밖을 내다보니
저건너 산머리에 구름만 둥실.

이슬

꽃잎에 맺히어서 몽환으로 대롱대롱
아침절 빛자락을 창하게도 머금어서
영롱타 어여쁘다 만언찬사 하였는데

몰랐다 이슬일랑 무정한님 그리웁다
꽃꽃이 밤을새워 아린가슴 쥐어짜서
통곡에 개워내운 눈물엮음 이었음을.

화도비가(花道悲歌)

지난해 봄날이라
수려한 꽃길에서
연정을 씨앗이라
곱게도 약조해서

내년봄 기약으로
호접을 우인삼아
골골이 정성으로
깊은정 심었는데

변심한 언약일랑
시절을 옮겨가서
꽃길은 수려한데
님꼴은 볼수없네.

끽다거

통도사 오름길에
등짐 지운 욕심 벗고

내림길 청계수에
속된 마음 씻어내니

명아한 울림으로
"차나 한잔 드시게나"

조주선사 가르침
솔향 속에 가득터라.

가을은 공평이다

공평한 가을은
차별이 없다

최부자 댁
배부른 마당에도

산지기네
가난한 마당에도

여지없이 찾아온
가을이 있다

두메나 산골 순박한 산지기는
산자락 수렁배미 한 뽐 다랭이논

등짐으로 거둔 산두 한 섬 지고
산 그림자 동무 삼아 집으로 간다

해거름에 바빠진 가난한 마누라는
장꽝에서 부엌으로 종종걸음

허기진 지아비를 기다리며
소찬에 정성으로 저녁을 짓는다

＜

도토리 꼭지 얹은 오두막 지붕
할아비 담뱃대 심은 귀뚝으로

모락모락 뽀얀 냉갈 피어나고
밥 익는 소리 마당에 가득할 때

사립문 삐그덕
"임자 나 왔네"

정재문 빼꼼
수줍은 미소

말하지 않아도 기쁨이다
눈에서 눈으로 흐르던 행복

오두막 비틀어진 창호지 문살에
꽃 그림 웃음으로 피어날 때

이른 걸음으로 길 나선 눈썹달은
감나무 가지 끝에 호롱으로 걸리고

화답하듯 얼굴 붉힌 홍시 하나 툭
차별 없는 가을이 공평하게 익어간다.

술래잡기

꼭꼭 숨어라 머리카락 보일라
까치밥 대롱대롱 감나무 아래
동네방네 아이들 다 모여서
왁자지껄 시끌벅적
재미진 술래놀이

장독대에 볏짚 아래
숨을 곳도 많지만
여기저기 다 찾았다
한 친구만 남았구나
일곱 살 술래는 신이 났다

땅거미에 하늘도 어둑해지고
집집마다 밥 짓는 연기 오를 때
나 집에 갈래
나도 나도
아이들 하나 둘 떠난 자리

친구 하나 찾지 못한
일곱 살 술래는
그 친구 찾지 못한 애태움으로
차마 술래 집을 떠나지 못했다

＜

소복이 쌓인 눈에 까치밥 떨어지고
그 자리에 새순 돋아 꽃피고 열매 맺고
다시 까치밥 대롱대롱
가을이 쉰 번 옷을 갈아입을 동안

늙은 감나무 아래
일곱 살 그 술래는
찾지 못한 친구 꼭 찾으리라
오늘도 가슴앓이 술래놀이로

꼭꼭 숨었구나
인제 그만 나와라
어디 어디 숨었니
인제 그만 나와라
애타는 그리움을 노래로 부른다.

소문 (1)

이른 아침 꽃네들이
몸 단장에 부산이라

이슬 받아 소세하고
실안개로 옷감을 짜

알록달록 분단장에
형형색색 옷을 입고

산중 가인 새 소리에
나긋나긋 온갖 교태

좋은 시절 잠시로다
내 오늘은 임 맞으리

"여보 임아 내 여깄소"
각양으로 부르다가

벌 한 마리 날아들어
토끼풀에 자리하니

<
시샘으로 부럼으로
소곤소곤 두런두런

소문나니 바람이고
바람나니 소문이라

비 온 뒤 죽순마냥
우두두두 솟아 올라

여기 들썩 저기 들썩
꽃밭 가득 무성하다

보소보소 꽃네들아
이내 말 좀 들어보소

토끼 있는 토끼풀이
벌 한 마리 맞아들여

이리 쪽쪽 저리 쪽쪽
동네 단내 다 빤다네.

동네잔치

포도송이 대롱대롱
알갱이들 달라붙듯

열가구가 종기옹기
모여사는 산중마을

가을지나 겨울오니
월동준비 한창이라

오늘날은 김씨네가
김장김치 담는다네

아침부터 동네방네
부산스레 수선터니

배씨네는 배추한접
고씨내는 고추한되
양씨네는 양파한망
어씨네는 어젓한통
부씨네가 부추한줌

소씨네가 소금한말
홍씨네라 홍당무요
마씨네라 마늘이고
달달볶은 깨소금은
갓시집온 새댁이라

김씨마당 가득으로
동네사람 모여들어

너도나도 내일이라
추위잊고 손넣어서

갖은양념 버무리고
배추속을 뒤적여서

송송이로 소를넣어
맛난김치 담아내니

동네잔치 별거더냐
이게바로 잔치이지.

소란스럽다

가을은
참
소란스러운 계절이다

두근두근 키 높은 담장 머리 너머로
후끈 달아오른 처녀 총각 얼굴 벌게져
첫사랑 만나리라 까치발 동동 구를 때

수줍게 봉긋이 솟아 붉어진 석류는
부끄럼도 없이 탐스런 가슴을 열고
빨갛게 드러낸 속살로 사랑을 유혹하고

뽕나무밭 가장자리 우뚝한 밤나무도
풋내나던 밤송이 튼실하게 영글어져
검붉은 얼굴 내밀고 사랑 찾아 두리번

여기서도 불이야
저기서도 불이야
지천이 온통 활활
내 없는 사랑불로 타오를 때

＜

바람났다 바람났다
입 가벼운 갈잎은
바스락 사그락 부스럭
무성한 소문을 바람에 실어 보내는

사랑 익는 소리 가득한 가을은
참
소란스런 계절이다.

황실이

잔잔하던 칠산 바다에
남서풍으로 어신이 들어
창포 빛으로 푸르던 바다가
은빛 비늘로 뒤집히면

조기 배도 만선이오
민어 배도 만선이라
갑판마다 바다 생물
팔짝 펄떡 춤을 추니

노잡이도 덩실덩실
키잡이도 어깨 들썩
황포 돛배 배부름에
웃음꽃도 만선이라

좋은 시절 좋은 날에
어쩌다가 이내 몸이
눈치 없이 앞서 나가
그물코를 막고 서면

<

뱃전 아비 갯가 어미
내 몸 작다 무시하니
이리 뒹굴 저리 뒹굴
구박 천대 일쑤여서

고대광실 구중궁궐
수라상 옥 접시에
홍청초로 단장하고
귀히 눕진 못했지만

아서라 부럽잖다
민어 조기 안 부럽다
다 못 자란 이내 몸이
볼품이야 없다마는

소찬에 꽁보리밥
민생들이 반겨하니
왕실보다 한 끝 높다
내가 바로 황실이다.

*황실이 – 황강달이

지난여름 뜨거웠던 하루는

정열의 결정체였어
지난여름 그날 하루
폼페이의 뜨거운 연인들을
질투로 탄화시킨 베수비오가 토해 낸 마그마였을까

열탕에 몸을 담그고 지독한 독주를 마신 듯
주체할 수 없는 열기에 달아오른 내 몸뚱어리는
끈적한 용암이 흐르는 질펀한 너의 분화구 속으로
거부할 수 없는 욕망을 탐닉하며 타들어 갔지

태양이 빛을 가린 요요한 어둠 속에서
절규하듯 분출하지 못한 욕정은 비명을 지르고
절망하듯 희열로 뜨거워진 그 시간을 견디지 못해
마침내 우리는 뜨물 색 울음을 온몸으로 토해냈지

정지된 시간의 달콤함
긴장을 잃어버린 너덜한 체세포는
포탄에 부서진 전쟁터의 폐허로 흐트러지고
시간은 주섬주섬 몸의 기억을 퍼즐로 맞췄지

<

그리고

…

…

시간이 지나

다른 바람이 불어 내 마음이 흔들리는 오늘

사랑이었을까?

내 몸이 기억하는 그날

지난여름 어느 하루 그 뜨거웠던 열기는.

원칙적으로는

완전하지 못함이 주는 불편함
존재한다는 것은
소멸이라는 극단의 불편을 동반한다

불확실성을 담보로 살아가는
인간은
약속이라는 이름의 원칙으로
서로에 대한 구속과 견제를 통해
질서를 유지하며 삶을 살아간다

원칙이 성립되면서
반칙도 성립됐다

원칙은 나를 중심으로 이뤄지고
반칙은 너를 중심으로 이뤄진다

원칙은
반칙을 극복하기 위한 반칙으로

반칙은
원칙을 극복하기 위한 원칙으로

<

너와 나의 모호한 경계처럼
원칙과 반칙의 경계는
합사로 꼬여진 동아줄과 같다

사람은
원칙과 반칙으로 놓인 외줄 위에서
위태로운 줄타기를 한다
모호함의 경계를 넘나들며
어릿광대가 되어 춤을 춘다

그리고 말한다

원칙적으로는 그러하다....
그러나
원칙적으로는 그러하지 아니하다.

묘공예찬 (猫公禮讚)

보도 위에 당당 터라 정중에 흔들림 없이
오수로 감은 눈은 지긋하게 고요하고

쫑긋한 두 귀로는 세상 소리 듣지마는
추상같은 절개더라 곧은 수염 강건하게

노천에서 내 살지만 집안살이 부럽잖다
소통 없이 막힌 공간 숨줄 막혀 답답더니

이제야 내 살겠다 몸도 맘도 자유로다
버려졌다 울지 않고 여여한 그대 보며

얄팍한 세 치 혀끝 주워들은 박학으로
어찌 그대 고귀함을 감히 논을 할까마는

부질없다 세상사 욕심 가져 무엇하리
오늘 하루 볕 좋으니 더 좋을 손 있겠느뇨

풍파 세월 쓸림 없이 유유자적 그대 임이
진정으로 이 시대의 노상군자(路上君子)이외다.

3부

다시,
다시를 기억하다

달팽이가1초에지구를일곱바퀴반이나돈다는것을
빛의속도로달리고있다는것을알지못하는사람들은
느릿하게제자리를움직이는달팽이가사실은너무빨리달려서
언제나제자리에있는것처럼보인다는사실을모른다.

- '달팽이의 꿈' 중에서 -

사다리

혼자는 설 수 없어
다리가 두 개라지

시작점은 둘이지만
꼭짓점은 하나

사다리는
사람인(人) 자 형상 그대로
좌우로 두 발 버팀
서로를 의지하지

우리네 삶도 그와 같을지
혼자서는 살 수 없어
사람(人) 이라지.

배부른 송편

보름달 두둥실 좋은 명절 추석이라
온 가족 한 방 가득 둘레둘레 모여 앉아
아들 손주 며느리들 제각각 솜씨 자랑
예쁜 송편 빚겠다며 손놀림 분주할 때

문지방에 걸터앉은 허리 굽은 어미는
눈 하나는 이쁜 손주 재롱에다 놓아두고
눈 하나는 소식 없는 막내아들 혹여 올까
마당 건너 사립문 밖 한길을 바라보며
손끝 조물조물 배부른 송편을 빚었지

시끌벅적 보름 하루 짧기도 하여라
민들레 씨방 터져 꽃씨 훨훨 날아가듯
아들 손주 며느리들 제 길로 돌아가니
꽉 찬 보름달도 점점으로 기울어지고
대추나무 그림자만 텅 빈 마당 가득한데

초저녁잠에 취한 어미 집 담장 위로
소식 없는 막내아들 배곯지 말라고
허리 굽은 늙은 어미가 몰래 걸어 놓았나
배부른 송편 닮은 달 하나 떠 있더라.

누애 (淚愛)

열여덟 복순이가 헤프지 않은 엉덩이를 밑천으로 얻어 온
복순이 치마살같이 야들한 뽕잎을 주워 먹고 살집이 오른
누에란 놈은
꾸역꾸역 먹었던 뽕잎을 토해내서 고치집을 지어 넉 잠을 편케
자고
설핏 복순이가 정성으로 채반 설거지에 기운이 떨어져 잠이
들었을 때
빈 고치집만 덩그러니 남기고 복순이를 버렸다

누에란 놈이 집을 나간 그 날부터는
이제는 엉덩이를 밑천으로 뽕잎을 얻어 올 아무런 일도 없었다
뽕나무밭 눅눅한 고랑에서 강아지풀을 등골로 누르고 우악한
김서방에게 서러운 눈물을 흘릴 일도 없었다

잠들지 않았었기에 행복이라 했던 날들의 기억을 담아 뜨겁게
눈물 한 바가지를 고치집에 흘려내고 복순이는
골방 구석 베틀에 몸을 묶고 빈 고치집을 털어서 날줄을 걸고
잠들지 않는 시간을 씨줄로 엮어서 하염없는 슬픔으로 지은
노래를 비단으로 자았다.

라면을 끓이며

물 550cc를 냄비에 붓고 팔팔 끓여라
끓는 물에 수프와 면을 넣고 냄비 뚜껑을 닫아라
그리고 4분 30초간 더 끓여라
라면 봉지에 인쇄된 맛있는 라면 조리법이다

글로 탁 박혔으니 성문법이다
안 지키면 혼난다

라면을 끓일 때마다 하는 고민
법을 지킬 것인가 말 것인가

4분 30초를 정직하게 끓이면 면발이 물러져서
쫄깃한 식감을 맛볼 수 없으니
꼬들하고 탱탱한 면발을 좋아하는 나는
몰래 법을 무시하고 2분 30초를 끓인다
집게로 면발을 들어 올려 찬 공기도 쐬이면서
(사람들은 이것을 에어샤워라고 하지)

<

라면 하나를 끓이면서도 조리법을 무시하니
이리도 맛나고 내 입에 딱 맞으니

세상의 법이라고 별것이더냐
희희낙락 거들먹거리며 사는 사람들이
세상 법을 무시하는 이유를 알겠더라.

홍매화 - 누이가 그린 꽃 -

함박눈이 소담소담 내리던 날
연지곤지 분단장한 어린 누이는
하늘 가득 나풀나풀 나비 춤추는
하얀 길을 따라 시집을 갔다

어린 딸 보내는 홀로 아비는
눈물인지 눈 물인지 얼굴 적시는
흥건한 물기만 주먹손으로 훔치며

"눈 오는 날 시집가면 잘 산다더라
소복한 눈처럼 복 쌓고 잘 살아라"
혼잣말로 중얼중얼 배웅을 했지

첫날밤은 꽃잠이라 무명 솜이불
낭군은 선홍빛 꽃잎 하나 남겨 놓고
군역으로 삼 년 기약 변방으로 떠났지

낭군 없는 시집살이 맵고도 독하더라
들일에 밭일에 시부모 봉양에
고운 누이 메말라 시들어 갈 때

<

삼 년 지나 내일이면 낭군이 오신다네
백설이 길 밝히는 이른 새벽녘
우물가 정안수로 임 그리던 누이는

오목가슴 받혔던 설움 한 사발
하늘 나린 솜이불 위에 각혈로 토해내고
훨훨 나비가 되어 먼 길을 떠났지

봄볕에 눈 녹은 그 자리 우물가
겨운 힘으로 올라온 싹 하나 있어
봄 여름 가을 가도 꽃 피우지 않더니

겨울이라 동절 매정스런 삭풍에
입은 옷 벗어내고 마르고 삭은 가지
거친 살가죽에 눈물 방울 머금 맺어

춘설이 훨훨 나비로 춤추는 날
수줍은 듯 살포시 꽃잎 여니
선홍빛 고운 자태 그 모습은
첫날밤 꽃잠으로 누이가 그린 꽃.

국수 삶는 남자

새벽 두 시
몽유병자처럼 부스스 침대에서 일어난 사내는
불도 켜지 않은 채 침실 문을 나선다
고양이 걸음으로 걷는 익숙한 길은
어둠 속에서도 결코 눈 뜨기를 요구하지 않는다

주방
싱크대에 달린 조그만 도둑불을 켜고
달그락달그락
익숙한 손놀림으로 사내는
양은 냄비에 물을 올리고 가스레인지에 불을 붙인다
시계에 알람을 맞추지 않아도
물이 끓는 시간은 정확히 5분이다

냉장고 문을 연 사내는
고민 없이 몇 가지 재료를 도마 위에 올리고
숙련된 손길로 날렵하게 칼질을 한다
다다다닥 다다다닥
고단했던 하루가 노곤한 잠에 취한 밤의 정적을 깨고
도마 위에서 리듬을 타며 춤추는 칼은
한 치의 오차도 없이 4분의 4박자다

＜

뜨겁게 달아오른 냄비는 후끈한 수증기를 뿜으며
나는 준비가 되었다
유혹하는 비명을 휘파람으로 신호를 보내오고
이제
국수를 삶아야 한다
사내가 먹는 국수의 양은
언제나 오백 원짜리 동전 크기만큼이다

사내는
탱탱하게 탄력 있는 국수 가락을
거침없이 뜨거운 냄비 속으로 쏟아 넣는다
국수 가락을 받아들인 냄비는 잠시 비명을 멈추고
냄비 속 뜨거운 열기에 몸을 맡긴 국수 가락은
이내 흐물거리며 냄비 속으로 가라앉는다
냄비는 다시 뜨거움으로 팔팔 끓어오르고
비로소 사내의 입가에 미소가 돈다

준비는 끝났다
이제는 먹어야 한다
사내는
잘 비벼진 국수로 허겁지겁 허기진 속을 채운다

매일 밤 반복되는 이십 분간의 치열한 의식으로
사내가 얻는 것은 절대적 포만감
이제 식욕은 채웠다

사내는
왔던 길을 되돌아 스며들듯 침대 위에 몸을 눕힌다
베개는 언제나 하나뿐이다
시간은 새벽을 향해 달리고
그날 밤 사내의 침대 위에서는
아무 일도 일어나지 않았다.

호박다방 미쓰 양 (1)

면사무소 옆
농협 가는 길목에 자리 잡은
호박다방에 난리가 났다
자글한 주름 위에 연지곤지 찍어 바른
늙은 마담이 나른한 하품으로 자리를 지킬 때는
쇠똥 밭에 뒹굴던 똥파리 한 마리도 얼씬을 하지 않더니
호박넝쿨에 새알 열매가 달리듯
자리마다 가득으로 면내에서 방귀깨나 뀐다는 불알 달린
것들이 요란스럽다
일찌감치 자리를 잡은 철길 건너 김영감이
따뜻한 우유 한잔을 부르고
뒤질세라 퇴직한 면서기 김주사는
코오피 블랙 고봉으로 주소
뒤늦게 한자리 차지한 정미소 박사장이
"계란노른자 동동 띄워서 쌍화탕 한 사발 가져 온나"
대갈에 일성으로 주문 딱지를 집어 넣자
금새라도 달려들어 뽀뽀라도 할 기세로 닭똥집을 입에 문
늙쟁이 마담의 주름진 입술이 씰룩씰룩
여기서도 쌍화탕
저기서도 쌍화탕
탕탕탕 탕탕탕
불알 달린 것들의 전쟁놀이 시작이다
호박다방에 미쓰 양이 뜬 날이다.

호박다방 미쓰 양 (2)

면사무소 지나
농협 가는 길목에 자리 잡은
호박다방에 새로 온 레지는 미쓰 양이다
면사무소 담장에 올라앉은 호박 줄기에도
농협 뒷마당에 늘어 붙은 호박 넝쿨에도
새초롬히 노랑으로 꽃이 피어나고
달짝한 꿀 냄새를 맡은 허씨네 집 양봉장 벌떼들이 노랑
호박꽃에 득달같이 달려들어 쪽쪽 쭉쭉 난리에 법석이다
호박다방에 미쓰 양이 오고 난 다음부터다
미쓰 양 고년은 맨날 매미만 잡아먹고 살았나 보더라
한 뼘도 안 되는 콧수건 같은 치마를 낭창한 허리에 살짝
두르고
아침부터 저녁까지 맹맹한 콧소리로 흥흥흥흥
이리 폴짝 저리 폴짝 테이블 사이를 헤집고 다니며
고목나무에 매미 붙듯 마른 불알 두 쪽 가진 것들한테 찰싹
달라붙어
가뭄 끝에 단비가 호박 줄기에 물기를 올리듯
불알 마른 것들 마음에 불을 지른다

내 없이 이는 불은 속절 없이 뜨거워라

마른 불알들이 축축한 밤이슬로 내 없이 붙은 불을 허겁지겁
끄다닐 때

면장 댁도 조합장 댁도 비상이다

얌전하다 소문났던 교장 댁 사모님도 좌불안석이라

이 집으로 저 집으로 전화통이 불이 나고

애잔한 우체국 교환수만 넣다 뺏다 전화를 돌리느라 바쁘다
바뻐

하루는 면장님이 왼쪽 뺨에 신신파스를 도배하고

또 하루는 조합장이 오른쪽 뺨에 밭갈이를 하고

다른 하루는 교장 선생님이 훤한 이마에 반창고로 십자가를
붙이고

면내에 하나뿐인 삼일약국에 반창고가 파스가 동이 날 무렵

새까맣게 타들어 가 숯검뎅이가 된 쪼글한 가슴을 품은
마나님들에게

호박다방 미쓰 양은 공공의 적이었다.

호박다방 미쓰 양 (3)

면사무소 지나
농협 가는 길목에 자리 잡은
호박다방에 기어코 사달이 났나 보다
맹맹한 콧소리 흥흥 흘리며
나풀나풀 봄날 햇나비 날개를 치마로 입은
미쓰 양 이쁜 얼굴이 뜸하다
농협 사료 창고 앞 백 년은 족히 넘은
늙은 은행나무가 노랑으로 몸치장을 하고
붉은 벽돌로 쌓아진 담장 머리에 앉았던
때깔 좋은 호박 한 덩이가 뚝 떨어지는 날이면
미쓰 양의 출근도 같이 늦어지고
호박다방에도 빈자리가 생겼다
미쓰 양의 출근이 늦어지는 날이면
면사무소 뒷마당도 농협 담장 위도 소방대장네 울타리도
교장 댁네 지붕 위에서도 예외 없이 호박 한 덩이가 뚝 떨어져
나갔다
면장 얼굴에서 반창고가 떨어지고 조합장 얼굴에 기름기가
흐르고 소방대장도 교장 선생도 호박다방 출입을 멀어라 할 때
곱게도 하얗던 미쓰 양 얼굴은
근심으로 누런 호박색이 되었다

이른 서리에 시들어진 면사무소 뒷마당
품새 없이 늘어진 호박넝쿨을
늙다리 면사무소 소사 이씨가
갈퀴질로 박박 긁어 걷어 내던 날
호박다방에는 텅 빈 의자만 덩그러니 남았고
기차게 들이대던 불알들은 보이지 않았다
매캐하게 피워지는 연탄난로 위에서는
쭈글한 마담의 지리한 하품을 타고
찌그러진 양은 주전자가 보리차를 끓이고
미쓰 양의 모습도 영 보이지 않았다.

보리 뚱뚱이

녀석은 언제나 배꼽을 내놓고 다녔다

사시사철 누런 콧물을 훌쩍이며
뽈록한 배꼽을 내놓고 다니던 아이
훔친 콧물이 눌어붙은 소매 끝은
까마귀 깃털이 무색하게 반짝반짝 빛나고
맞지 않는 검정고무신을 철떡이며
뒤뚱뒤뚱 걷는 녀석의 모습은
마치 남극의 펭귄을 연상케 했었다

반쯤 감긴 듯한 눈에 말투마저 어눌해
항상 동무들의 놀림감이 되었지만
짓궂은 장난에도 누런 이를 드러내고
씩 웃으면서 하는 말은
"에이 그러지 마"
도무지 화를 낼 줄 모르는 녀석을
우리는
이름 대신 보리 뚱뚱이라 불렀었다

<

풋보리가 익어 갈 무렵
학교를 파하고 집에 가는 길
밭두렁 한쪽에 옹기종기 둘러앉아
입술에 숯 검댕을 묻혀가며
보리 끄을음으로 잔치를 할 때면
구수하게 익은 보리 이삭을
때 묻은 손으로 호호 비벼 불어서
친구들 입에 먼저 넣어 주던 아이

오월의 금빛 햇살 아래
짙푸른 초록으로 출렁이는 청보리밭에서
폐부 깊숙이 호흡한 싱그런 향기로
유년의 아름다운 시절을 소환하고
보리밭 고랑을 지나는 바람에서
내 친구 보리 뚱뚱이의 웃음을 듣는다

알싸한 코끝을 유년의 손등으로 훔치며
지금은 중년이 되었을
내 친구 보리 뚱뚱이의 안부를 묻는다.

바람 불던 날

갈퀴발을 곧추세우고 매섭게 바람이 불어대던 날
자리 비운 영감님을 기다리던 배나무 집 백동할매는
누운 자리 3년 묵은 욕창으로 눈물 한 방울 흘려내고
바람에 나풀거리는 하얀 배꽃을 따라 나비가 되었다

가죽나무 꼭대기에 위태로운 까치집이 깍깍깍
어미 잃은 까치알이 부르는 애처로운 소리를 따라
굽은 허리로 나무둥치를 기어오르던 곱사등이 도춘이가
겨우 까치알 두 개를 손에 쥐고 모진 바람에 기우뚱
굽었던 허리를 땅 위에 곧게 펴고 비로소 하늘을 바로
쳐다보았을 때
도춘이의 거치른 오른손 손가락 사이로는 깨진 까치알 두 개가
눈물로 흥건했다

흉흉한 봄바람이 무섭게 불던 그 날은
마을에는 바람을 막아 줄 바람잡이들이 없었다

오일장 푸줏간 옆 과수댁네 선술집 골방에서는
취기 올라 붉어진 얼굴로 뜨거운 콧바람을 흥흥대며
백동할배가
살집 좋은 과수댁의 치마 속을 들썩이며 허리를 휘어감고

<

읍내 여인숙 10촉 짜리 백열등 아래서는
장터 사내의 땀방울로 후끈하게 몸을 적신 곱사등이네
마누라가
헉헉대며 검은 천장에 거친 바람을 토하고 있었다

바람이 불어 꽃이 떨어지고
바람이 불어 새알이 떨어지고
바람이 멎어 꽃도 새알도 없었을 때

몹쓸 바람이 불어 행복했던 시간은 짧았다고
백동할배도 곱사등이 마누라도
꺼이꺼이 마른 눈물을 찍어내며 후회를 말했지만
깊어진 상처로 오래도록 기억에 남아 슬프지 않을 수 없었던
그날은
유령스런 봄바람이 급살스럽게도 웅웅대던 날이었다.

목련

"에미야 강냉이 한 쪽박 물에 일어서
볕 좋은 디다 잘 말려라
오는 장날 아그들 튀밥 쪼까 튀다 줄란다"

맨살로 흙바탕을 드러낸 마당 한켠
새내끼로 질끈 허리를 동인 볏짚이
촘촘한 울타리로 지킴이를 하는 텃밭

두어 걸음 사이를 둔 허방 닮은 호박구덩이에
일 년 묵힌 구리한 합수가 누렁으로 가득하고
아롱다롱 아지랑이가 빛자람으로 무성한 날

무명으로 치저고리 동백기름 참빗에 담아
곱게 빗은 쪽머리를 면경으로 단장한 할머니는
투두둑 툭툭 봉긋봉긋 앞서라 뒤서라 터지는
하얀 목련을 바라보며 낮밥에 바쁜 엄마를 재촉했지

하룻밤에 별이 뜨고 지고
탱자나무 울타리 너머 뒷집 시종아짐네
고집 센 뿌사리가 이른 하품을 하는 아침

<

오일장 나들이로 마음 바쁜 할머니
가는 길에 한 짐으로 집어 든 주머니는
영락없이 대롱대롱 늙은 황소 불알인데

낮참 지나 한동안에 별일이 생겼어라
집 오는 길 할머니 머리에는 한 포대기
고소하고 달콤한 튀밥 꽃이 가득이라

봄이 봄을 타고
또 봄이 봄을 넘어
어느덧 내가 할머니 나이 된 날

잊었던 기억으로 찾은 마당가에
할머니 매듭 굵은 손가락 그이 닮은
목련꽃 가지마다 고소함이 피었다
시간이 투두둑 튀밥으로 꽃을 핀다.

깜밥

닳고 닳아 반달이 된
허리 굽은 놋수저가

부삭 위에 걸터앉은
어미 손에서 바지런하다

바그닥 박박
빠그닥 빡빡

맷제 내 가득한 정개에서
깜밥 긁는 소리 피어나면

내년 봄 씨앗으로
살강 위에 달아 놓은
팥 쪽박에 눈독 들이는 새앙쥐마냥

우르르 문지방에 달라붙어
창호지 문구멍에 기어오른
삼 남매 배고픈 눈 세 개가 초롱초롱

＜

바그닥 박박
고소한 소리

꼴까닥 꼴깍
맛있는 소리

어미 손에서 건네진
노릿한 깜밥 한 조각은

오도독 오독
배부른 소리

바그닥 박박
오도독 오독

꽁꽁 얼은 겨울 아침
녹이는 소리

가난하던 시절
행복한 소리.

조공 (鳥共) 에게

나는
자네가 부러우이

땅 우에 발 붙이고 사는 것들이
부러움 반 시샘 반으로
자네를 미물이라 부르지만

어깨춤 한번 푸드득으로
바람을 타고 유유하며
세상 경계를 넘나드니

자네가 진정 자유인이요
천지간에 선인이 아니겠나

나도
젊어 한때는
육신에 없는 날개를 마음에 달아

고고하리라
미련스러운 집착에서 벗어나리라
땅에 박힌 발목을 빼내려 했지만

＜

부질없는 욕심을 버리지 못해
결국은 날지를 못했다네

어이
자네한테
내 하나 부탁함세

제발이지 자네는
미욱한 욕심으로 세상사 올가미에 걸려
펼친 날개 접지 마시게

훌훌 훨훨
자네가 꿈꾸는 세상으로 날으시게나.

부자별곡

아비는 할 말이 너무 많아 입을 다물었다
아들은 할 말이 너무 없어 입을 다물었다

시월 그믐날 낡은 슬레이트 지붕 모서리에 의지한
10촉짜리 전등이 달빛을 대신하는 쪽마루에서
아비와 아들은 벅수마냥 망연히 앉아 말이 없었다

아비의 굽은 손가락에 들린 담배 꽁다리는 점점 누런 손톱으로
타들어 가고
아들의 벌건 두 눈에서 떨어진 눈물은 마룻바닥 갈라진 틈새로
타들어 가고

갈근갈근 눈치 없는 새앙쥐가 서까래에 이빨을 가는 소리만
간간이 들리는
밤은 길었다 지독하게도 무거운 침묵은 꾸역꾸역 어둠을
집어삼키며 몸집을 키우고 아침은 쉬 오지 않을 것 같았다

<

바지런한 장닭이 홰를 쳐서 세상을 깨우고
긴 밤을 이겨낸 해가 장지문을 밀어들 때

아비가 앉았던 자리에는 알테기 깨진 사기대접에 담배꽁초만
수북하고
아들이 앉았던 자리에는 얼룩져 말라붙은 눈물만 그림으로
남아져 있고

오정이 지나 해가 기웃기웃 서산으로 넘어가도
아비는 평생 일구던 밭갈이를 나가지 않았고
아들이 떠난 대문은 굳게 닫혀 열리지 않았다.

달팽이의 꿈

달팽이가1초에지구를일곱바퀴반이나돈다는것을
빛의속도로달리고있다는것을알지못하는사람들은
느릿하게제자리를움직이는달팽이가사실은너무빨리달려서언제
나제자리에있는것처럼보인다는사실을모른다

그런가하면또어떤달팽이들이느릿한걸음으로지독하게도게으르
게귀가를서두르지않는것을
땅거미를쫓아바쁘게귀가를재촉하는산수동오거리공무원아파트
담장아래석류나무집문간방에세들어살다신랑이되어살림을차린
호남전기기술자총각이부러워했던것이
사실은달팽이는집을한채를가지고있어서그집을언제나머리에이
고다녀서집에가기위해서서두를일이애시당초에없었기때문이라
고생각한다는것을

<

새신랑이된호남전기기술자총각이아니어도집한채를가지지못한
사람들은집한채를가진달팽이들이사타구니에서흘러나오는뿌연
곰탕국물로밤새사랑을나누고새끼를낳아기르는것이꼭집한채를
가지고있어서이다라고생각하며

집이한채가없어서집한채를머리에이고느릿한달팽이를부러워하
며달팽이가되지못한사람들은
저녁여섯시가되면아침여덟시가되면집한채를얻어머리에이고
1초에지구를일곱바퀴반이나도는달팽이가되고싶은꿈을꾼다.

흐린 기억 속에는 달팽이가 산다

우렁비가 세차게 쏟아져
뒤집어진 개울물이 속엣것들을 토해내는 날이면
물고기들은 바위틈으로 숨어들고
집 한 채를 머리에 인 달팽이들은
서커스의 외줄 타는 광대의 몸짓으로
위태롭게 개울가 풀잎에 매달린다

느릿한 움직임을 보면서 닿을락 말락
행여 거친 물살에 휩쓸릴까 조바심을 냈지만
몰랐다 그때는
달팽이는
느려서 제자리가 아니라
빛보다 빨리 움직여서 언제나 제자리라는 것을

비가 지독하게 내리는 날이면
달팽이는 집 한 채를 지키기 위해 사투를 벌이고

툇마루에 걸터앉아 물끄러미
물에 잠긴 논배미를 바라보며
착잡한 눈꺼풀을 꿈뻑이던 아버지는

연초 한대를 다 태우고 나서야
삽 한 자루를 손에 쥐고 논으로 향했다

뿌연 물보라 속에서 물꼬를 잡는 아버지는
영락없이 집 한 채를 등짝에 얹은 달팽이를 닮았다

해거름에 비가 개이고 흐린 하늘에 무지개가 뜨면
아버지는 흙탕물에 범벅이 된 잠뱅이를 동여매고
굽은 허리로 집채만 한 등짐을 지고 느릿한 걸음으로 논두렁을
걷는다
노곤한 아버지의 긴 그림자를 물고 달팽이 한 마리가 느릿하게
아버지를 따른다

비가 오는 날이면 흐릿한 각막을 타고
세상 속에서 달팽이들이 모습을 드러낸다.

다시, 다시를 기억하다

"다시는 다시에 오지 않을 것이다"
다시를 떠나면서 아버지는 말씀하셨다

일곱 산 일곱 봉우리를 품에 안은
순정한 칠봉댁을 새악시로 맞아들여
아들 넷 딸 셋을 슬하에 거두우고

욕심 없이 정직한 땀방울로 논밭을 일구우며
칠 남매의 행복을 한 올 한 올 직조하던
당신의 젊은 날의 역사가 깃들어 있던 다시

1989년 갈라진 천장을 뚫고 쏟아지는
지독한 장맛비로 용문 저수지 둑이 넘치던 날
심통한 이무기가 토해 낸 시뻘건 토사물에 집을 잃고
망연한 마음으로 다시를 뒤로하고
다시 올 기약 없이 도회지로 이사를 할 때였다

망각을 비용으로 도회지의 삶에 안착을 하면서
아버지는 다시는 다시를 입에 올리지 않으셨고

〈

다시 보고 싶어도
다시는 볼 수 없는
다시는 못 올 길로 여행을 떠나셨다

해돋이는 망각을 지우고 추억을 키우는 것인가
아버지의 시간이 지나고
아버지의 나이가 된 반백의 아들은
다시는 아버지를 볼 수 없다는 그리움에
아버지의 시간들이 굳은살로 배어 있는
다시를 다시 기억에 담고 있다.

다시 -- 전남 나주시 다시면

서로를 알까? 우리

같은 하늘을
같은 날갯짓으로
같이 날아올랐지

같은 하루
같은 시간에
같이 눈 맞춤을 하며

친구라는 이름으로
우리 서로 다독이며
같은 길을 가자고

푸르러라
세상 속으로
훨훨 날아올랐지

더 멀리
더 높이
날아올라라

<

앞만 보고 달리라는
전장 같은 세상의 부추김에
속은 우리는

경쟁하듯 서로를 보지 못하고
치열하고 험난한 삶의 여정을
고단한 날갯짓만 하고 있구나

우리
서로를 알 수 있을까?
어느 날 날기를 멈추는 날에는

잊고 살았던 시간을 넘어
친구라는 그리운 이름을
다시 찾을 수 있을까.

유감스런 하루

떠나야겠다
오늘은
똑딱똑딱
네 박자 초침의 리듬을 타고
가벼운 마음으로 길을 나서리라

상념으로 가득 채운 가방을 메고
바람이 날개가 되어
내 몸을 하늘에 띄워준다면
높이 높이 날아 남의 일인냥
홀로 자유로운 수리가 되어
세상의 일에는 무심하고 싶다

그러나
바짓가랑이를 붙잡는 아교풀로 끈끈한 인연은
가시덤불이 되어 가자 하는 길을 막고
아직 다하지 못한 사랑을 마저 하라 한다

통증이다
날카로운 가시에 찔려서도 아니다

얽힌 인연이 아파서도 아니다
강요당한 사랑에 묶여 지친 몸이
거미줄에 걸린 잠자리가 되어
벗어나리라 날아오르리라 아등바등 애를 쓰며
굵은 땀방울을 울음으로 쏟아낼 뿐이다

나는
오늘도
떠남을 그리면서 떠나지 못하고
상념으로 가득 채운 배부른 가방을
방 한구석에 쓸쓸히 던져 놓는다

'내일은 꼭 떠나야지'
주문 같은 약속으로 매일을 다짐하지만
떠나지 못하는 내일은
언제나
어제와 같은 오늘이 된다.

빠꿈살이 사랑

마당 한켠 대추나무 휜 가지에
빨랫줄 엮은 간짓대 끄트머리에는
지친 날개를 말리려 고추잠자리가 앉고

말레 밑 한 뼘 남짓 헤진 망태 속에서
누렁 강아지는 삭은 뼈다귀를 핥으며
배부른 하품으로 졸음을 쫓는 오후

탱자나무 울타리가 가시 발톱으로 지키는
비밀스런 뒤란 볕 좋은 텃밭 가에서는
도란도란 아기자기 사랑이 움튼다

한 아이를 만난 한 아이가
키 큰 토란잎을 지붕으로
내가 엄마 할게
너는 아부지 해
가시버시 연을 맺고 살림을 차린다

꼬막 껍데기 조개 껍데기 깨어진 기왓조각
반질반질 비삿돌이 전부지만
정성으로 고이 모아 세간을 장만한다
토끼풀 질경이도 우리에겐 성찬이라
위함으로 함께하니 부족함이 없어라

환한 웃음으로 행복하던 아이들은
땅거미가 탱자나무 울타리에
뿔 달린 그림자를 드리우면
애써 모은 세간살이를 발끝으로 문지르고
마른 손 엉덩이에 툭툭 털며 제 갈 길로 돌아선다
추억으로 남을 기억의 파편도 남기지 않고

밤으로 온 어둠이 새벽에 밀려나고
찬연한 태양이 아침으로 떠오르고
간짓대 끝 고추잠자리는 날개를 말리고
말레 밑 누렁 강아지가 배부른 하품을 하는
볕 좋은 오후가 되면

탱자나무 담장이 지키는 뒤란에서는
도란도란 알콩달콩 사랑이 자란다
어제의 기억이 스러져간 자리에서

한 아이는 다른 한 아이를 만나고
한 아이도 다른 한 아이를 만나
오늘이 처음인 양 가시버시 연을 맺어
키 큰 토란잎을 지붕 삼아 살림을 차린다.

똥

싼다
누런 똥
내가 똥 쌌다
울 엄마 좋아라 노래 부르시더라
우리 강아지 똥 쌌다고

싼다
누런 똥
울 엄마가 똥 쌌다
나는 울상으로 투덜이 입에 가득이다
울 엄마 똥 쌌다고.

4부

삶,
오묘한 숫자의 행렬

봄은
언제나 그리하였었다
갈라지고 부서지고 얼어붙은 세상을
봄은
개나리를 진달래를 목련을 앞세워
꽃으로 피워내며
담장 발치에 엎드린 민들레의 가냘픈 등허리를 쓰다듬으며
봄은 왔었는데.

- '꽃샘추위 40년' 중에서 -

관념의 시대를 산다는 것은

존재가 관점으로 확정되던 시대에는
꽃은
꽃이라는 이름으로 존재했다

존재가 관념으로 확정되는 시대에는
꽃은
꽃이라는 이름으로 부존재다

관점은 꽃을 꽃이라 했지만
관념은 꽃을 사랑이라 한다

관점은 존재하는 타아를 자아로 긍정하고
관념은 존재하는 타아를 자아로 왜곡한다

관념이 실제를 지배하는 세상에서
왜곡을 요구당하며 존재하는 나는
실존하는 부존재로 있으면서 없다.

소용돌이

사막의 마른 길을 걷지도 않았는데
뿌연 흙바람을 맞서지도 않았는데
사내의 두 눈에는 모래알이 가득 차
당최 따가움으로 감겨지질 않는다

별 하나 그릴 수 없는 낮은 천장은
기억의 잔해가 겹겹이 쌓은
미동마저 거부하는 무덤 속 어둠으로
일흔 번의 맥박을 하지 마라 한다

의식의 흐름이 졸음으로 깜빡일 때
감지 못해 부릅떠 충혈된 눈동자는
시간을 벗어나고 싶다는 욕망으로
웜홀을 찾아 허공을 뱅뱅 돈다.

흐름은 멈춤으로 다시 흐르고

애절한 아코디언 소리 가득한
천막 극장
백열등 깜박이는 아스라이 높은 천장에
날줄 없는 씨줄로 명줄 하나 걸려 있어

대나무 간짓대에 몸을 의지한
꼭두줄에 묶인 초라한 어릿광대는
시작한 걸음을 멈출 수 없어
한발 한발 위태롭게 외줄 위를
이승과 저승의 경계 삼아 걷는다

찰나의 실수도 용인하지 않는
침묵 속에서 춤을 추는 날벌레
가슴 조이며 퍼덕이는 매일이
파르래한 안도감으로 다시 흐를 때

쇠잔한 기력으로 줄 위에 오르지 못해
물기 잡힌 흐릿한 눈으로 허공을 헤집는
늙은 어릿광대는 애써 외면하고 살았단다
흐름 속에 멈춤이 있다는 것을.

가문 여름의 기억

갈증이라 했었던가
당최 소식이 없는 비를 기다리다가 시들해진 봉숭아 꽃머리가
고개를 수그리던 그 날은 무척이나 더웠었다
마른 탱자나무 가시에 가슴을 찌르우며 하루는 무저갱을 뚫고
나온 붉은 선혈로 동쪽 하늘을 붉게 적시었었다
기울어진 봉숭아의 고개 숙임은 지극한 의식의 배례가
아니었기에 기우를 발원하며 울음을 우는 가시나무새는
없었다
불길 없는 화염에 속절없이 타들어 가는 대지의
갈라진 가슴을 헤집으며 내달리는 황토 바람이 가여운 어미의
마른 젖가슴을 가루 내어 흙무지를 쌓아 올릴 때도
갈라져서 부르튼 상처를 어루어 줄 한 방울의 눈물마저도
하늘은 허락하지 않았었다
그날의 여름 하루는.

자정의 카페

스물네 개의 별이 원주율로 엮어진 하루가
먹성 좋은 시간이라는 괴물에게 야금야금 먹혀들어 가고
마지막 남은 별 한 개가 자정으로 가는 길을 버팅기면서 하루를
마감하려 할 즈음

새벽을 기다리는 카페의 시간은 잠을 잃어
끈적한 말실을 꾸역꾸역 토해내는 살진 누에를 닮은 사내들은
살가죽을 찌르는 날카로운 바늘에 비틀거리는 레코드판이
내지르는 애절한 비명을 조사로 삼아
무기력한 언어로 떠나보내야 하는 하루를 애도하다가
짙은 화장으로 슬픔을 변장하고 흐느적거리며 춤을 추는
세뇨리타의 붉은 입술을 기대하며
독한 칵테일 잔으로 입술을 더듬어 마른 목젖을 열고 하루를
삼킨다.

삶, 오묘한 숫자의 행렬

24 시간
1,440 분
86,400 초

상환기일은 내일이라는
유한으로 대출받은 하루가
원 속의 궤적을 따라

1,440 바퀴의 초침과
24 바퀴의 분침과
2 바퀴의 시침으로

하루를 확정할 때
약속된 내일의 상환을 미루기 위해
나는

86,400 번 심장을 박동하고
1,440 번 피를 혈관으로 돌아 내며
24 종의 영양소를 섭취하고
2 리터의 물을 마셔야만 한다

또
하루의 삶을
대출받기 위해서.

믿고 싶지 않은 진실의 속성

계수나무 아래에서 옥토끼가 방아를 찧는다고 들었을 때는
하늘에서 쏟아지는 하얀 눈을 옥토끼가 찧은 방앗가루라고
믿었던 때는
진실을 뒷배로 삼은 거짓의 얼굴을 진실이라 굳게 믿었던 시간
우주선을 타고 사람이 달에 가서 계수나무가 없어서 옥토끼도
없었다고 말했을 때는
달에 간 사람들이 옥토끼를 죽였거나 아니면 달에는 가 보지도
않았을 것이라고
진실이라 믿었던 것들이 거짓이었다는 것이 진실로 드러나는
시간들 속에서도 거짓을 진실로 믿고 싶다는 것은
궤변론자들의 혓바닥에서 쏟아지는 화려한 언어의 율동에 꼭
현혹되어 춤을 추지 않아도
계수나무 아래에서 옥토끼가 방아를 찧는다고 믿었던 시간들이
믿고 싶지 않은 진실로 거짓이 되는 것을 믿지 않으려는
은폐의 속성.

보지 못한 것들에 대해

안경을 쓰지 않은 나는
안경 너머의 세상을 본 적이 없다

도수 높은 안경테를 조심스럽게
엄지와 검지로 매만지면서
보고 싶은 세상에 초점을 맞추며 경계하듯
조심스레 혹은 무심하게 일상을 사는 사람들 속을 함께 살면서
안경 너머에는 어떤 세상이 있을까 궁금했다

미세한 톱니바퀴로 시간의 퍼즐을 맞추는
시계공의 경건한 마음으로 새로운 세상을 기대하며 마침내
안경을 써 보았다

혼란
뒤틀리고 흔들리고 왜곡된 형체의 어지러움
안경 너머의 세상은 결코 아름답지를 않았다
시계공의 등 뒤에서 꿈꾸었던 세상이 아니었다

＜
비겁하지 않은 두려움에 숨이 막혀 각막을 가로막은 안경을
벗어 던지고
뒤엉킨 시신경이 유발하는 극심한 두통의 시간을 경험한
뒤에야 비로소 깨달았다

보이지 않았던 것들은
보지 말아야 할 것들이었음을.

상상하다가

바다가 하늘이 되고
하늘은 바다가 되고
육지가 구름이 되고
구름은 육지가 되어

고래는 하늘을 날고
코끼리는 바다를 헤엄치고
모래 없는 사막을 지나
낙타는 바늘귀를 빠져나간다면

세상은 참 재미있을 거야
놀이공원보다도 훨씬 더

상상한다는 것은
무성 생식으로 무한 분열하는 아메바의
녹아난 세포들이 떠나는 무한 시간으로의 여행
무한의 공간을 향해하며 공간의 울림으로 자유를 갈망하는
궁핍한 영혼이 보내는 조난신호.

오월비애

오월에 비가 내리면
청하지 않았던 청 개구리가
멋들어진 드레스에 나비넥타이로
지난 봄날에 잡아먹은 노랑나비를 애도하는 척한다

오월에 비가 내리면
거친 돌무지 속 민 달팽이는
벌거숭이 몸뚱아리에 총알로 박히는
빗방울을 막아내리라 망월로 동그랗게 집을 짓는다

오월에 내리는
광주에 내리는
그날 이후에 내리는
비는 늘 그래서 아팠다.

마지막 잎새는 없다

밀레의 사람들이 질긴 숨줄을 움켜쥐고 파열하는 얼음 강을
건너는 심정으로 지독히 빈한한 시간의 동굴 속에서 하루를
살기 위해 비틀거리는 걸음을 모다 세우고 황량한 들판을
불어치는 거친 바람을 애써 외면하고 땅 위를 부유하는 버려진
낟알을 희망으로 거둬들일 때

쓸쓸히 홀로 남겨져 창문 너머로 가쁜 숨을 몰아쉬며 이끼 낀
돌담을 애처롭게 바라보며 파리한 두 손을 꼬옥 모으고 간절한
바람을 절규하는 소녀의 기도는 희망의 상실이 먼저 훔쳐 듣고
훼방을 놓아서 담장을 넘지 못한 담쟁이 넝쿨은 소녀를 위한
마지막 잎새를 선사하지 못했다

소녀의 가냘픈 숨결이 고요해질 때 소녀의 여린 숨결을 따라
흔들리던 작은 촛불은 더 이상 흔들림을 멈추었고 가늠하기
어려운 적요의 시간을 뜨거운 촛농으로 메꾸고 있었다

<
에밀레 에밀레
무한의 시간을 따라 비로소 자유로운 여행을 시작한 소녀의
숨결은 긴 파문으로 들판을 달리었고 이삭을 줍던 밀레의
사람들은 굽었던 허리를 펴고 경건한 기도로 소녀의 여행을
배웅하였다

소녀의 죽음을 슬퍼하기보다는
소녀가 만나지 못한 마지막 잎새를 기다리는 간절함으로.

별을 찾아서

왕자가 떠났다는
장미만 남겨 놓았다는
바오밥 나무가 시들어 간다는
화덕을 닮은 분화구에는 불이 꺼졌다는

깜박이는 신호로 보내오는 희미한 빛을 좌표로
버려진 행성 하나를 찾아 여행을 떠나지만
무수히 많은 별들이 있었던 자리에는
음습한 동굴 속 무거운 어둠만 있을 뿐
만나야지 했던 별은 없었다

눈알이 빠져버린 눈구멍처럼 퀭한
지독하게도 아픈 어둠을 헤매다가
아립고 지치운 여정의 끝에서 만난

하늘에는 별이 없다는
오래전에 죽은 별에게서
들은 이야기는

<

내가 있기 전에
별은 하늘에서 죽었고
별이 하늘에 있을 때는
내가 있지 않았다는

별은
내 마음속에만 있었다는.

물고기가 헤엄을 치는 까닭은

물고기가 헤엄을 친다는 것은
기러기가 하늘을 난다는 것일 수도 있고
고양이가 담장 머리를 달리는 것일 수도 있고
민들레가 편서풍에 꽃씨를 날리는 것일 수도 있고

거치른 물길을 거스르며 치열하게 지느러미를 흔들어 대는
물고기의 절규는
자유라는 이름으로 삶의 근원을 찾아가는 거룩한
행진이었다는데

날카로운 바윗돌에 찢기어 살점이 떨어져 나가고
그물코에 걸린 몸뚱아리에서 부스러진 비늘들이 하늘로
날아올라
고향 집 우물가 양지진 담장 아래에서 빨간 봉숭아꽃으로
가여운 누이 앞에 피어지던

6월의 그 하룻날에도

가쁜 숨을 몰아쉬며 자유라는 이름으로 두려움 없이 내달리던
전쟁터에서

누이의 손톱에 물들여진 빨간 봉숭아 꽃물보다도 더 붉은
꽃망울을 울컥 토해내고
애처롭게 스러져간 어린 병사의 핏기 잃은 목에서 툭 떨어진
은빛으로 반짝이던 비늘 하나가

무참하게 빗물에 떠밀려서 개울을 흐르고 강물을 흐르고 또
흐르다
비늘을 잃고 헤엄을 멈춘 물고기의 몸에 비늘이 되어
멈추지 마라 헤엄쳐라 쉼 없이 헤엄을 쳤다는데.

넋두리

암시랑토 안 해야 나는
봄이 가든지 말든지
여름이 오든지 말든지
나는 모다 냅두고 상관 안 헐란다

오고 가는 것은 다
자연의 이치고 순리라는디
당장 내일 일도 모르는 내가
머시라고 쓰잘데기 없이 미주알고주알
남의 잔치에 밤 놔라 배 놔라 구시렁거리겠냐

근디야~이
이놈의 삶이라는 것이야
쬐깐한 아그들 빠끔살이 같은 것이라서
금방 좋다가는 금방 쌈질을 허고
금방 울다가는 금방 웃는 것이라고 허제마는

내가 암만 세상을 몰라도야
나는 느그들 처럼 조변석개는 안 헐란다
팔랑개비같이 이 바람 저 바람에 미친년 널 뛰댕끼 막춤은 안
출라만

<
인생은 일장춘몽이고
풀잎에 맺힌 이슬방울이라고 허더라

긍께로
암껏도 모르는 나는 있지야~이
심봉사 맹키로 눈 딱 감고
버버리 맹키로 입 딱 다물고
귀머거리 맹키로 못 들은 척

눈도 귀도 입도 꽉꽉 틀어막고
내 일만 생각허고 조용허게 살랑께
맬겁시 찔벅찔벅 애문 사람 건들지 말고
느그들 끼리 북 치고 장구 치고 잘 해봐라.

어쩌다 본께

산다는 것이 별것 있것능가 마는
어쩌다 본께로 오늘까지 살아왔드만

암 것도 모르던 쬐깐한 아그 때야
풋대죽 한 그릇으로 뱃굴레를 채우고
단쭈시 토막 한 개만 입에 물어도
시상천지간에 부러울 것이 없었는디
스무 살을 넘어감시로부터는
주먹만 한 독뎅이가 목구멍을 꽉 틀어막았는지
당췌 숨도 못 쉬것고 가슴팍이 답답해서
맬겂이 땡깡도 부리고 몽니도 부려감서
허송으로 세월을 살았었는디

어쩌다 본께로 서른 넘어 마흔 줄에
세상을 쪼까 알게됨시로부터는
뱃속에 걸구가 들어앉았는지
놀부란 놈 욕심보가 터졌는지
니 것 내 것 안 가리고 아구딱 쩍쩍
딴 놈 눈에 피눈물이야 나든 말든
내 배만 부르면 그만이다

보이는 대로 닥치는 대로 줏어 먹으면서
배장구 둥둥 잔가락에 취해
한 세상을 그리 살아왔는디

어쩌다 본께로
백년천년 푸릇푸릇 무성할 줄만 알았던
고향 동네 깔크막 옆에 팽나무 삭은 몸이
허리 굽어 초라한 내 모양새를 꼭 닮아서
춘하추동 사철 중에 내 나이가 늦가실이라

어쩌다 본께로
하루아침 물안개 같은 인생길을
후회스런 욕심으로만 살아왔드만

어쩌다 본께로
어쩌다 본께로
그리도 아둔하게만 살아왔드만.

오월에는

공굴테를 굴릴 테야
오월에는

헛간 구석지에 외바퀴로 눕혀져 있던
아버지의 낡은 자전거를 일으켜 세울 테야
잊혀졌던 시간만큼이나 무겁게 내려앉은
켜켜이 쌓인 묵은 먼지를 훌훌 털어 내고
홀로 초라하게 남은 한 바퀴를 빼어낼 테야

너덜하게 덕지덕지 달라붙은 아픈 살점들
타이어도 튜브도 촘촘하게 발라내고
모진 시간 질겁게 버티어 온 바큇살도 떼어 내고
온전히 둥근 뼈다귀만 가지런히 추려낼 테야

그리고
허리 굽은 낫으로 탱자나무 가지 하나 잘라서
기억하지 말아야 할 상처로 자란 잔가지도 촐겨 내고
손아귀에 딱 맞게 매끈한 밀채를 만들 테야

〈

높새바람이 등짝에 달라붙어 지다위를 치는 날
송사리 떼 유유하는 맑은 내를 건너고
푸른 갈기를 휘날리는 보리밭을 가로질러
갈대숲 무성한 강나루 개펄도 내달려서
거친 너덜언덕 산등성이를 기어오르다
사금파리에 발가락이 찢기고 깨어져도
주저앉아서 아프다 힘들다 내색은 하지 않고
모난 세상을 둥글둥글 달려갈 테야

장미가 매서운 가시를 숨기고 붉은 미소를 흘리는
오월에는
염통을 찌르는 날선 칼바람이 멈출 때까지
공굴테를 굴릴 테야.

동촌(憧村) 가는 길

오늘은
동촌으로 길을 나설 것이다

한 번도 가보지 못한 동촌은
늘
아련한 그리움으로 남아 있는 곳이다

가는 길을 알지 못하지만
나는
기어코 동촌으로 갈 것이다

아물지 못한 생채기로 남아
욱신거리는 추억은 남겨 두고
풀숲에 숨은 꼬부랑 배암을 밟고
누런 황톳길을 따라 걸을 것이다

옹기 조각이 수북한 너덜길을 만나
발가락이 뭉개져 살점이 떨어지고
손가락이 부르터서 진물이 흘러도
아파하지도 울음 울지도 않을 것이다

＜

동촌으로 가는 길에서
나는
콧구멍을 열고 깊은 숨을 쉴 것이다

오래전에
그 길을 묵묵히 걸었을
다른 내가 흘린 땀 냄새를 기억해 낼 것이다

그리고
동촌에서
나는

천형으로 뒷목을 짓누르던
집착스런 미련을 벗어던지고
비로소 홀가분한 마음으로 춤을 출 것이다

살아 있는 모든 것들과 생명을 나누며
길고 뜨겁게 입맞춤을 할 것이다.

수염 난 여자를 만나다

맨발로 길을 걸어야 했다
처음부터 신발을 신지 않았었는지 아니면 중간에 잃어버렸는지
알 수가 없었지만
발바닥 하나를 겨우 의지할 만큼 굽이지고 좁은 길을 걷기에는
차라리 신발을 신지 않은 것이 다행이라고 생각했다
길 아래로는 까마득하게 깊은 수렁이 있을 것이고 한번 떨어지면
다시는 헤어나오지 못할 것 같아서 발아래는 아예
내려다보지도 않았다
찔레 가시에 옷이 찢어지고 날카로운 사금파리에 엄지발가락이
갈라지고 비틀거리는 몸뚱어리를 곧추세우느라 너덜한 벼랑을
움켜쥐어 지문이 닳아버린 손가락을 더듬어야 하는 다시는
걷고 싶지 않은 위태로운 길을 발자국을 하나하나 지우고
걸으면서
왔던 길을 되돌아가고 싶다는 마음이 간절했지만 길은 지워진
발자국을 따라 같이 지워지고 없어져서 왔던 길은 처음부터
없었던 길이 되어 찾아 지지가 않았다
위태롭고 험하다고 생각하면서 걸었던 길이 많이도 험하고
위태로운 길이 아니었다는 것을 알았을 때는
찔레 가시에 옷을 빼앗기고 알몸으로 굽이진 길을 막 벗어나
수염 난 여자를 만나고 나서였다

무표정하게 길 한가운데를 막고 서서 바람도 불지 않는데
수염을 채찍으로 휘두르며 똬리를 튼 뱀 같은 구부러진
지팡이를 오른손으로 짚고 왼손에는 가시 줄기를 엮어서 만든
목줄을 든 수염 난 여자는
해가 질 무렵 상엿집에서 보았던 부서진 문틈으로 고개를
내밀던 나찰녀를 꼭 닮고 있었다
수염 난 여자가 막아선 길은 늪지대의 습한 공기로 가득하고
음습하게 붉었다.
걸었던 시간 동안 몸에 난 상처에서 흘러내린 농양이 구덩이마다
붉은 물로 가득한 수렁 길 위에서 수염 난 여자의 치맛자락을
붙잡고 쪼그려 앉은
내가 걸어 온 길을 먼저 걸었을 성싶은 맨발로 벌거벗은 수염
없는 남자가 목줄이 묶인 개의 형상을 하고 네 발로 처연하게
앉아 있는 모습을 보았을 때
나는
지금껏 내가 걸어 온 길은 위태로운 길이 아니었다는 것을
알았고
내가 걸은 길을 맨발로 밟아 올 수염 없는 남자를 위해
발자국을 표식으로 남기지 않은 것이 참 다행이라고 생각했다.

꽃샘추위 40년

히말라야 시다가 히말라야산맥을 뒤덮고 있는 만년설에서
녹아내리는 빙하를 마시고 자란다는 사실을 안다는 것이 결코
세상을 살아가는 데 도움이 되지 않는다는 것을 알지 못했던
시절에도 봄은 늦음이 없이 촘촘한 히말라야 시다의 잎사귀를
타고 왔었다

시베리아의 거친 설원을 내달려 삭풍을 타고 날아온 겨울이
대동강 변에 발을 담그고 짱짱하게 얼어 붙여놓았던 빙전이
우수에 몸을 풀고 선달이라는 김씨 성을 가진 봉이네의 얄팍한
전대 속을 꽉꽉 채우는 한 푼짜리 엽전을 따라서도 봄은 왔었다

50cc 오토바이에 철가방을 동여매고 하루라는 시간의 전장
속에서 도심의 골목길을 누비는 예술의 거리 무등반점의
노련한 배달꾼들보다도 훨씬 더 노련하게 굽은 어깨에 짊어진
물장군을 흔들리며 산동네 고샅길을 바삐 걷던 북청 물장수의
갈라진 발뒤꿈치를 밟고도 봄이 왔었다

봄은
언제나 그리하였었다
갈라지고 부서지고 얼어붙은 세상을
봄은
개나리를 진달래를 목련을 앞세워 꽃을 피워 내며
담장 발치에 엎드린 민들레의 가냘픈 등허리를 쓰다듬으며
봄은 왔었는데

<
오는 봄을 시샘하고 몽니를 부리며 모질게도 쏘아대던 야차의
총 끝에서 무참하게 스러져간 자유의 생명들이 뿌린 아직 피지
못한 민주의 꽃망울이 흘린 붉은 피가 붉고 붉게 희망으로
꽃으로 피어나던 80년의 그 날에도 더디지 않은 걸음으로 봄은
왔었는데

40년의 시간을 거슬러
감히
네까짓 것이
하찮다는 말도 과분하고 사치스러울
네까짓 것이

민주의 붉은 꽃으로 되찾은 봄을
창창한 오기로 시샘하고 몽니를 부린다고
피어진 꽃이 질 것 같더냐?
봄이 뒷걸음질을 칠 것 같더냐.

소문(2)

금붕어가 물에 빠져 죽었다는
백석지기 의용 소방대장네 안방에 놓인 어항 속에서
불자동차를 닮은 빨간 몸뚱아리를 흔들어 대던 금붕어가 물에
빠져 죽었다는
믿기지 않는 숭한 소문이 담장 머리를 타고 달리는 얍삽한 새앙
쥐 뒷 발목에 매달려 동네방네 고샅길을 구석구석 돌아낼 때

굳게 닫힌 소방대장네 콘크리트 담장 철대문 너머로
죽었다는 금붕어를 본 사람은 아무도 없었는데도
금붕어가 물에 빠져 죽었다는 소문은 사실이 되어야 했고

불꽃을 먹은 듯 벌겋게 칠한 화덕 같은 입술을 벌리고
하루벌이에게 일수 이자를 모질게도 독촉질 해대던
소방대장네 배가 부른 마누라의 악착같던 행실들은
물에 빠져 죽었다는 금붕어의 소문에 묻혔다.

폼생폼사

아주 멀지 않은 가까운 옛날에
나주골 다시 하고도 월천이라는 마을에
방귀깨나 뀐다는 한 양반이 살았는디
본시 남의 집 머슴을 살다 돈푼깨나 모아
몰락한 양반 족보를 사들인 반 양반이었것다

양반 옷은 입었으되 속은 내리 꺼먹이라
혹여 누가 나를 알까 노심초사 낑낑대다
독선생을 앉혀놓고 요샛말로 신분세탁을 하는디

양반은 강직이라
비가 오나 눈이 오나 곰방대 꼬나물고
늙은 황소 해찰하듯 느릿느릿 팔자걸음

양반은 점잖이라
안에서 하는 말이 문지방을 넘으면 아니되니
조근조근 소곤소곤 귓속말이 제격이요

양반은 체면이라
못된 일로 속상하고 배알이 뒤틀려도
어금니 꽉 깨물고 내색 없이 허허하하

<

이렇듯 번듯하게 양반 행세를 허는디
그 허는 모양새가 어찌나 진짜 같던지
온 양반이 뺨 맞고 울고 갈 지경이더라

하루 이틀 날이 가고 달이 가고 해가 가고
지천이 풍년이던 어느 해 가을
곳간마다 볏섬이 가득하니 이 아니 좋을손가

어화라 둥둥 지화자 좋다
콧노래 흥얼흥얼 꽃 시절을 보내다가
동짓달 섣달 지나 정월이라 초이렛날
개울 건너 앞동리 동무집을 찾았것다

모처럼 만난 친구 반갑다 인사하고
좋은 안주 좋은 술로 주거니 받거니
오른 취기에 온몸이 노곤한데
서산에 해가 지니 이제 그만 이별이라
"나 그만 갈라네"
자리 털고 일어서니
"날 추우니 하루밤 유하고 가시게나"
"양반 체면에 바깥 잠이 될성인가"

붙잡는 손 뿌리치고 방문을 나서는데
휭하니 부는 바람에 오장육부까지 얼얼
아따 요놈의 날 독하게도 춥다

곁눈질로 힐끔힐끔 아랫목이 그립지만
양반 체면에 일구이언은 아니될손
"나 감세"
인사하고 터벅터벅 길을 나섰것다

오는 길은 쉬 왔는데 가는 길은 혹독이라
뼛속까지 파고드는 흉흉한 설한풍에
큰길로 가다가는 얼어 죽기 십상이니
잠시 잠깐 남 안 볼 때 양반 체면 내려놓고
누가 볼까 살금살금 개울가로 내려와서
햇고양이 생쥐 다루듯 조심으로 조심으로
발끝에 힘을 모아 얼음장을 톡 쳐보니
하아 요놈이 제법 짱짱하게 얼었더라
올타꾸나 지금이다 보는 눈 없을 때 언능 건너자

아자아장 비틀비틀 가운데쯤 다다를 때
청천벽력으로 느닷없이 빠지지지직

석 달 열흘 묵힌 속 설사하는 소리로
야속한 얼음장이 쩍쩍 갈라지니

우물에 두레박 빠지듯 그대로 오봉당
꼬르륵 꼴깍 첨벙첨벙 요동질에
잠에서 깬 어생들이 곳곳에서 다가오니
양반 체면에 그냥 올 수 없어라
수중 군자라는 잉어와 인사하고

허부적 허부적 물 위로 고개 내미니
매 맞은 종놈마냥 얼굴은 푸르딩딩
듬성듬성 수염에는 고드름이 득시글
사람 행색 간데없고 영락없는 도채비라

때마침 저 멀리 길 가는 스님 있어
여보 스님 나 살려주 악다구를 쓰려다가
아차 나는 양반이지 목젖 눌러 틀어막고
손사래 까딱까딱 점잖게 씩 웃으며
속삭이듯 소근소근
"사람 살려"

그리고는 다시 물속으로 꼬르륵
걸음 멈춘 스님 왈
"고것 참 요상 타"
물가로 내려와서 이 뭣꼬 쳐다보니
푸르딩딩 묘한 것이 솟구치듯 올라와서

손사래 살랑살랑 씩 웃으며 사람 살려
두 번을 더 그러다 이후로 소식 없어

고개 갸웃하던 스님 목탁으로 독경하고
메기도 아니고 가물치도 아닌 것이
무슨 업이 저리 많아 사람 행세를 하는고
가엾다 불쌍타 합장으로 배웅하니
그 길로 물길 따라 남해 용왕님 배알하러 갔다는
요샛말로 웃픈 이야기.

추일한담(秋日閑談)

일월(日月)은 순행(順行)하고
생멸(生滅)은 무진(無盡)하니

형이상(形而上)이면 어떻고
형이하(形而下)이면 어떠리

실체(實體)는 존재(存在)로 형(形)을 쌓고
존재(存在)는 실체(實體)를 형(形)에 담으니

실(實)과 존(存)은 다름이 아니오
무량(無量)으로 유량(有量)함인데

찰나(刹那)를 겁(怯)으로 사는 사람이
어찌 피아(彼我)를 다투려 하는가

만물(萬物)의 성진(性眞)이 하나이듯
인아(人我)도 다름없이 하나인 것을.

'수염 난 여자를 만나다'는
바람을 가두겠다고 하늘 자락에 거미줄을 친 세찬 거미 하나가
대롱대롱 제 똥구멍으로 쏘아낸 거미줄을 명줄로 붙잡고
무던히도 대차게 세상을 살아내오던 거미를 닮은 한 인간이
질겹게 버팅겨 온 세상살이의 소요에 무심하고자 마음의
고요를 희망하며 꾸역꾸역 토해낸 삶의 편린이다.

40여년 연극을 하면서 현실과 환상이 공존하는 무대라는
마법의 공간에서 삶을 살아왔다.
꿈을 꾸듯 다른 사람을 대역하며 무대 위 등장인물의 삶을
살아왔던 나는 어느 순간 인생이라는 무대에서도 그저
등장인물이 되어가고 있었다.
무대 위 삶에 익숙해진 존재의 부재가 주는 혼란과 압박은
실존하는 사람의 향기가 그립다 했고 나는 내 삶의 의미를 찾아
등장인물이 아닌 나의 이야기를 하고 싶어졌다.
그래서 지나온 삶의 여정을 더듬어 기억의 단상들을 책으로
엮어보았다.

2021년 가을 산청에서

윤여송

수염 난 여자를 만나다

1판 1쇄 발행 2021년 11월 10일

저자 윤여송
교정 윤혜원
편집 문서아

펴낸곳 하움출판사
펴낸이 문현광

주소 전라북도 군산시 수송로 315 하움출판사
이메일 haum1000@naver.com   **홈페이지** haum.kr

ISBN 979-11-6440-856-6(03800)

좋은 책을 만들겠습니다.
하움출판사는 독자 여러분의 의견에 항상 귀 기울이고 있습니다.